AF320528

Metaré Hauptvogel

Phoenix Fives

Märchenhafte Möglichkeiten

Impressum

Text, Cover, alle Bilder:
© 2025 Metaré Hauptvogel

Verlag: BoD · Books on Demand GmbH, Überseering 33,
22297 Hamburg, bod@bod.de
Druck: Libri Plureos GmbH, Friedensallee 273, 22763 Hamburg
ISBN: 978-3-7597-0710-9

Layout und Gestaltung:
Siegfried Jendrychowski

Alle Rechte bei der Autorin.

Mein Mann Siegfried Jendrychowski hat sowohl meinen Bildern als auch meinem Text mit seiner fachlichen Kenntnis und Tatkraft ein wunderschönes Layout gegeben.

Ein riesiges Danke an Dich! ☺

*Die Geschichte entstammt wieder mal den unendlichen
Weiten meines Phantasieuniversums.*

*Von dort, wo die Grenzen von Traum und Wirklichkeit
miteinander verschmelzen.*

*Trotzdem sind Begebenheiten und Personen
von α bis Ω erfunden.*

*Eventuelle Ähnlichkeiten - mit was oder wem auch immer –
sind aber in dieser Geschichte überhaupt nicht zufällig
und tatsächlich völlig beabsichtigt.* ☺

♪

„Achtung! – Kamera läuft! – 3 – 2 – 1 – Aufnahme!"

Die Moderatorin stand vor dem roten Riesensofa, dem Markenzeichen der Show: „Guten Abend, liebes Publikum hier im Studio und auch daheim vor den Fernsehern. Mein Name ist Sevim Üstgül, und ich heiße Sie herzlich willkommen zu einer neuen Folge unserer Show *Neue Lebensdinge*, in der wir Personen vorstellen, die spät auf ihrem Lebensweg ungewöhnliche Entscheidungen getroffen und zu ihrem neuen Ding im Leben gemacht haben. Heute Abend begrüßen wir hier – die grandiosen – *Phoenix Fiiiiives!"*

Nacheinander marschierten sie strahlend und winkend aufs Set: Sängerin Circe Cat, Pfote in Pfote mit Keyboarder Bello Ragazzo, gefolgt vom coolen Gitarristen Knurhan (natürlich wie immer mit grüner Sonnenbrille) und dem gemütlichen Bassisten Gonzo. Zuletzt trommelte Drummer Bochum auf seinen gepflegten, glänzenden Hufen zum roten Riesensofa.

Das Publikum raste. In vorderster Reihe pfeifend, johlend und klatschend die drei Obergroupies: Agatha im niedlichen Tüpfelfederkleid, die zarte Smilla mit der rosig-seidigen Haut und natürlich Esmeralda mit dem aufregenden Blick aus grünen Augen unter langen, dichten Wimpern.

Die Kamera schwenkte auf die Moderatorin: „Liebe *Phoenix Fives*, Euer Erfolg ist ja inzwischen legendär – Auftritte hier bei uns im hr-Studio, im Morgenmagazin der ARD, bei ProSieben, in der Commerzbank Arena von Frankfurt und so weiter und so fort. Heute seid Ihr wieder einmal hier bei uns im hr-Studio in unserer Show *Neue Lebensdinge*. Da interessiert uns natürlich am meisten – wie hat es eigentlich angefangen mit Euch, der Gründung Eurer Band, die nun so erfolgreich ist?"

Die Herren der Band lehnten sich gemütlich zurück und überließen es ihrer Chefin Circe, mit der Geschichte zu beginnen. Circe rutschte ein wenig unbehaglich auf dem weichen Sofa herum und hielt sich an Bellos Pfote fest. Der zuckte nicht einmal, als er ihre kleinen Krallen spürte, sondern hielt sanft und beruhigend ihrem Druck stand.

Es wurde ein Trailer eingespielt, in dem die Situation gezeigt wurde, die nun schon ungefähr fünf Jahre zurück lag.

♫

Auf der Bank vor einem kleinen Haus in der Wetterau lag die ehrwürdige Katze Circe in der Sonne. Mäuse huschten zur Tür ein und aus. Circe blinzelte nur und streckte sich bequem.

Vor einiger Zeit hatte sie mit dem Mäusehäuptling eine Vereinbarung getroffen – wenn die Mäuse sie in Ruhe ließen, würde sie die Mäuse in Ruhe lassen. Gähn, ja so war das.

Ein rosiges Zünglein fuhr aus ihrem Mäulchen. Sie leckte sich kurz über Fell und Pfoten. Naja, scharfe Krallen hatte sie schon noch, aber ein bisschen mollig war sie geworden ohne Mäusejagd, und in ihrem Fell machten sich einige weiße Streifen breit. Hunde ärgern, Fremde anfauchen und Buckel machen, wie fliegend vom Baum springen, um kräftigen Katern den Kopf zu verdrehen – das war mal. Gähn, zum Fliegen waren heute die Träume da. Jaaa …

Aus diesen wurde sie plötzlich sehr unangenehm gerissen.

„Kusch, Du faules Viech! Die Mäuse tanzen hier auf den Tischen, und Du liegst bräsig in der Sonne! Sowas wie Dich kann ich hier nicht mehr brauchen. Verschwinde! Egal wohin, aber verschwinde!"

Die Stimme gehörte doch Frauchen? Circe blinzelte noch völlig irritiert, da traf sie auch schon der Reisigbesen mit einer solchen Wucht, dass sie kreischend von der warmen, sonnenbeschienenen Bank flog. Mit ausgestreckten Beinen landete sie trotzdem sicher auf ihren vier Pfoten und rannte, was diese hergaben.

Keuchend und entsetzt stoppte Circe erst mal an der Gartenpforte.

Ihr ehemals so sanftes Frauchen war aber zur wilden Furie mutiert. Drohend schwang sie den Besen und rief: „Verschwinde, Du dicke, alte Faulenzerin! Ich hab was Besseres gefunden – eine junge, schlanke Katze mit viel Appetit auf Mäuse!"

‚Na, hoffentlich ist die Neue nicht nur schlank, sondern auch beweglich und schnell genug für den Mäusehäuptling', wischte es Circe spöttisch durch den Kopf, doch die Töne, die ihre vor Schock trockene Kehle hervorbrachten, waren nur sehr klägliches Maunzen.

Als Frauchen den Besen noch einmal drohend schwang und: „Verschwinde endlich!" zischte, rannte Circe endgültig davon, Richtung Landstraße.

Circes Frauchen saß indessen auf der Bank vor dem Haus und schaute ihrer altgedienten Mäusejägerin traurig nach. So böse sie auch den Besen geschwungen hatte, so fühlte sie eigentlich tief in ihrem Herzen nicht.

Ach, ihre samtige Circe, die so oft nach einer ihrer vielen Touren durch die Nachbarschaft schnurrend um ihre Beine gestrichen war. Dann hatte sie Circe ein Schälchen mit wunderbarer, weißer, cremiger Milch hingestellt, die sie extra noch mit einem Löffelchen Honig verfeinert hatte.

Sie kniff die Lippen zusammen, drückte eine Träne fort und wandte sich der neuen, jungen Katze zu, die stark genug war, die Mäuseplage zu bändigen, die leider in letzter Zeit frech und ungehindert die Speisekammer plündern konnten, alles annagten, was ihnen irgendwie fressbar erschien und überall ihre ekligen Hinterlassenschaften in kleinen Häufchen fallen ließen.

Blicklos tappte Circe Pfötchen für Pfötchen auf der einsamen Landstraße voran. Ganz allein. Sie zitterte und fror vor sich hin, fühlte sich elend und wusste nicht, wohin sie sich wenden sollte.

Ihre Schritte wurden immer langsamer, immer zögerlicher. Schließlich blieb sie stehen, plumpste auf ihr Bäuchlein, schloss die Augen und sang ihren ganzen Weltschmerz und Katzenjammer in poetischen, seelenvollen Texten in die einsame Weite der sanften, grünen Hügel der Wetterau am Rande des Vogelsberges hinaus.

Hier hörte der eingespielte Trailer auf. „Liebe Circe, da hast Du ja wirklich keine große Wertschätzung erfahren. Und trotzdem hattest Du den Mut, weiter zu gehen."

„Ja", Circes Antwort kam leise, „den hatte ich wohl, wurde aber nicht besser. Im Gegenteil – es wurde schlimmer."

Der Trailer setzte wieder ein und zeigte Circe, wie sie abgemagert um einen Fischwagen herumschlich, der in Nidda, einer kleinen Stadt in der Wetterau, auf dem Marktplatz stand. Der Platz wurde umarmt von wunderschönen Fachwerkhäusern, eine Straße führte vorbei und kleine Gässchen zweigten von ihm ab.

Am Fischwagen wurde ein kleiner Junge von seiner Mutter überredet, ein leckeres Matjesbrötchen zu probieren. Der Junge fand das Matjesbrötchen aber keineswegs lecker. Mit wutrotem Kopf und vor Ekel verzogener Grimasse schmiss er brüllend die Fischsemmel von sich – Circe direkt vor die Füße. Dafür erhielt er von Mama einen mächtigen Rüffel.

Doch Circe konnte ihr Glück kaum fassen, grapschte sich das Matjesfilet und floh mit ihrer Beute in eine stille Gasse.

Das war leider ein Fehler.

Denn genau dort lauerte die Streetcat-Gang.

Die Streunerkatzen waren kampferprobt. Sie bissen, schlugen und kratzten, entrissen Circe ihren Fang und stürmten davon.

Schlimm zugerichtet und aus mehreren Wunden blutend blieb sie allein in einem dunklen Gassenwinkel zurück. Lange blieb sie dort liegen. Es wurde bereits dunkel, als Circe endlich fähig war, sich wieder aufzuraffen.

Ganz langsam setzte sie sich auf, leckte ihre Wunden und trottete humpelnd davon. Weg aus Nidda, hin zur Landstraße.

♪

Der Trailer wurde wieder ausgeblendet, Moderatorin Sevim Üstgül atmete tief durch und sah Circe an, die sich mit tränenumflortem Blick tiefer in die Umarmung von Bello gekuschelt hatte: „Ein furchtbares Erlebnis. Und wieder bist Du aufgestanden und trotz Deiner Verletzungen weitergegangen."

Die zierliche Circe nickte nur.

Sevim Üstgül respektierte stumm Circes wieder emporgestiegene Trauer und sah nun Bello an: „Dürfen wir nun mit Deiner Geschichte weitermachen?"

Auch Bello nickte nur stumm, und so fuhr der nächste Trailer ab.

♫

Im weitläufigen Garten eines großen Hauses in der Wetterau lag Bello Ragazzo, kurz Bello genannt, dösend in der Sonne. Bello war ein alter Mops. Er träumte gerne von den lustigen Zeiten, als er mit Liesl über die Wiese tobte, dass die Lefzen nur so flogen.

Ja, das waren noch Zeiten! Inzwischen war er schon froh, wenn er noch einigermaßen schnaufen konnte. Aber in seinem Kopf perlten Melodien. Er setzte sich auf, legte den Kopf in den Nacken, schloss die Augen und sang verschiedene Variationen. Seine Pfoten zuckten dazu wie im Spiel auf einer Klaviatur.

Die kleine Tochter des Hauses war immer noch sein größter Fan, und sie brachte ihm so manchen leckeren Happen. Bello kannte sie seit ihrer Geburt. Da war er schon einige Jahre in der Familie und wachte seitdem auch über die Kleine.

Stets fand sie liebe und bewundernde Worte für ihn: „Du bist mein Bester, Bello. Und so feine Musik machst Du. Mein lieber Bello."

Doch heute war es anders. Kaum war die Kleine bei ihm, kam auch schon ihr Vater und Herr des Hauses heran. Irgendetwas schleppte er auf seinen Armen herum. „Schau mal, Liesl, wen ich hier mitgebracht habe …"

„Ooh", hauchte Liesl, und ihre blauen Kinderaugen wurden kugelrund, „der is ja süüüß!"

Sie quietschte vor Freude und Rührung, sprang auf und streichelte und kraulte mit ihren kleinen, zarten Händen und Fingern nun das winzige Bündel in den Armen ihres Vaters.

„Er hat noch keinen Namen, den darfst Du aussuchen. Der schöne kleine Kerl gehört nun Dir, Liesl", lächelte der stolze Vater. „Also, wie willst Du ihn nennen?"

„Na – ‚Bello Ragazzo' natürlich! Und ‚Bello' werd ich ihn rufen", kam die prompte Antwort.

Der alte Bello Ragazzo hörte sofort auf seine Melodien zu arrangieren, hob ruckartig den Kopf, wagte ein leises, erinnerndes: „Wuff". Aber er fand keine Beachtung mehr.

Der Herr des Hauses hatte Liesl den Welpen in die Arme gelegt, die ihn nun wie ein Baby schaukelte und ein leises Wiegenlied summte. Sie bekam nicht mal mit, wie ihr alter Bello aus dem Garten und auf die Landstraße gejagt wurde.

Nun wankte er benommen vor sich hin. In Bellos Kopf schlugen die Gedanken wilde Purzelbäume, und in seinem Herzen nistete sich tiefe Trauer ein.

Seine plötzliche Einsamkeit übermannte ihn. Er hockte sich auf die leere Landstraße, warf den Kopf in den Nacken und ließ eine lange Melodie in Moll in die einsame Weite der sanften, grünen Hügel der Wetterau am Rande des Vogelsberges hinaus.

♫

Nun saß auch Bello sehr bedröppelt in den weichen Kissen des roten Riesensofas. Die Moderatorin sah ihn mitfühlend an, fand auch für ihn verständnisvolle Worte: „Aus einer solchen Situation wieder heraus zu finden, ist sicherlich nicht so einfach. Trotzdem bist auch Du Schritt für Schritt weitergegangen."

Bello räusperte sich. „Tja, hm-m, aber genau wie Circe ist es auch mir nicht besser ergangen. Ganz im Gegenteil …" Die sanfte Bassstimme von Bello wurde immer leiser, bis er schließlich murmelnd verstummte.

Mitfühlend erkundigte sich die Moderatorin: „Dürfen wir den zweiten Trailer jetzt zeigen, Bello?"

Der begnadete Keyboarder der *Phoenix Fives* nahm seine Circe noch ein wenig fester in den Arm. Sein Blick ging leicht umwölkt in unbestimmte Weiten. Trotzdem nickte er zustimmend.

♫

Scheinwerfer fraßen sich durch die Dunkelheit, erfassten Bello Ragazzo, der wie versteinert im Lauf erstarrte und in die grellen Lichter blinzelte. Ehe er die Situation begriff, spürte er einen schmerzhaften Stich, die Beine knickten unter ihm ein, sein Blick verschwamm und er brach auf der nächtlichen Landstraße zusammen …

Langsam wich die Benommenheit. Bello fühlte kalten Boden unter seinem Körper. Vorsichtig öffnete er erst das eine, dann auch das andere Auge. Was er sah, waren Gitter.

Gitter? Wo war er bloß?

Dann Geräusche um ihn herum.

Schnaufen. Winseln. Fiepen. Maunzen.

Nach und nach kehrte sein Körpergefühl zurück. Ächzend setzte er sich auf. Ein kalter Klumpen Angst bildete sich in seinem Bauch – er hockte in einem kleinen Käfig. Rund um seinen Käfig herum stapelten sich andere Käfige. Und in jedem einzelnen Käfig befand sich jeweils ein Tier. Hunde. Katzen. Ratten. Hasen. Sogar Affen.

„Willkommen im Club", brummelte es neben ihm.

Als Bello den Kopf drehte, wurde ihm so schwindelig, dass er fast wieder umgefallen wäre.

„Das sind die Nachwirkungen der Betäubung", knurrte der Beagle.

„Bethäuhäubuhung?", nuschelte Bello.

„Na, die haben Dir einen Betäubungspfeil ins Fell geschossen, als sie Dich aufgegriffen haben."

„Warum?" Bellos Hirn arbeitete noch nicht wieder auf allen Stationen.

„So konnten die Dich leichter abtransportieren", erklärte der Beagle immer noch ein wenig kryptisch.

„Abtran- was? Wohin? Wo binnich hier einglich?"

„In einem Tierversuchslabor."

„Waaas?!" Schlagartig wich jegliche Benommenheit aus Hirn und Körper. Instinktiv sprang Bello gegen die Gitter, wollte, dass sie nachgaben und er wieder in die Freiheit fliehen konnte. Nachdem er sich bis zur Atemlosigkeit verausgabt hatte, hockte er mit hängenden Ohren und schmerzenden Muskeln nach Luft japsend auf dem Boden seines Winzkäfigs.

Mitleidig drang das Gebrummel seines Käfignachbarn zu ihm durch. „Kenn ich alles, mein Freund. Hab ich alles schon hinter mir. Glaub mir – bringt alles nix. Der Dackel rechts neben Dir konnte es tagelang nicht akzeptieren. Hat sich blutig getobt, der arme Kerl. Sehen die hier gar nicht gern und haben ihn unter Dauerdusel gesetzt."

Bello guckte zu seinem anderen Nachbarn, der dümmlich grinsend in einer Ecke seines Käfigs hockte. „Hi, isalls so schön bunt hier …"

Plötzlich begann Bello sich wie wild zu kratzen. Überall zwickte, zwackte, kribbelte, krabbelte und biss es in seine Haut. „Was – ist – denn – da – looos?" Jaulend schrappte er sich fast blutig.

Auch hier wusste der Beagle mehr: „Na, die haben einen Becher Ungeziefer über Dir ausgekippt. Du bist das Versuchsobjekt für diverse Mittel zur Zecken-, Läuse- und Flohbekämpfung."

Bello und die anderen Tiere hatten Glück im Unglück.

Zwei Tage später kam ein Befreiungskommando der Polizei. Das Labor wurde aufgrund von Insiderinformationen einer mutigen Praktikantin geschlossen sowie sämtlicher „Inhalt" und sämtliches Inventar beschlagnahmt und in unterschiedliche Tierheime und Zoos verbracht.

Doch Bello empfand auch das Tierheim als Freiheitsberaubung.

Und schon gar nicht wollte er in eine Familie vermittelt werden, womöglich noch mit einem kleinen Mädchen, das sowieso kurz drauf das Interesse an einem alten, dicken Mops verlor. Nö.

Er genoss noch das leckere Futter, die sanften Untersuchungen und das Befreien von dem Ungeziefer, das ihm während seiner Gefangenschaft aufgezwungen worden war.

Beim Spaziergang auf dem Hof schummelte er sich am Tor vorbei – raus in die Freiheit der Landstraße.

♫

Aus dem sonst so wortreichen Bello, der wirklich immer und zu allem etwas zu sagen hatte, kam nur ein leises, schnaufendes Fiepen.

Sevim Üstgül atmete tief durch. Dann wandte sie sich dem Gitarristen zu, der scheinbar cool über den Rand seiner Sonnenbrille hervor lugte: „Lieber Knurhan, auch Deine Geschichte ist sehr ergreifend. Bist Du bereit, sie mit uns zu teilen?"

Knurhan hielt den Schnabel, nickte nur einmal kurz und ein wenig zu heftig, so dass sein schöner roter Kamm ins Schwanken kam.

♫

Über die Hühnerwiese stolzierte der Obergockel Knurhan. Unter dem Apfelbaum machte er halt und inspizierte seine vielen schönen Hennen und Küken. Einige junge Hähne waren auch unter seinem Volk. Einer von ihnen, Henriko, kam ihm schon fast an Größe und Statur gleich.

Und immer häufiger kam von Henriko freches Gemurre.

Knurhan plusterte sich auf. Schließlich waren sein Gefieder und sein bauschiger, hoher Schweif immer noch das Prächtigste, was dieser Hühnerhof zu bieten hatte. Er, Knurhan, war es, mit dem der Bauer Jahr für Jahr Preise auf den Ausstellungen einheimste.

Triumphierend schallte sein klangvolles Riff über die Wiese.

Hm, normalerweise war die Resonanz bei seinen Damen von weitaus größerer Begeisterung. Kaum eine drehte sich nach ihm um, denn die scharten sich um – ja, war denn das die Möglichkeit!?

Sie scharten sich um Henriko!

Knurhan schwoll der Kamm. Laut krähend flog er über die Hühnerwiese, durch seine Hennenschar, direkt drauf auf den vermessenen Junggockel. Der war gar nicht faul und auch nicht überrascht, sondern parierte den Angriff des Älteren souverän.

Nun entspann sich ein harter Kampf um die Vorherrschaft im Hühnerhof. Federn flogen, und kreischend feuerten die Hennen und die anderen jüngeren Gockel die beiden Kontrahenten an.

Langsam ging Knurhan die Puste aus. Jetzt erst mal eine Pause – Abstand – den Gegner umrunden – taxieren – der sah ja noch in keinster Weise erschöpft aus. „Na, Kleiner, genug jetzt?" Bisschen Hohn könnte ja hilfreich sein.

„Ach, Alter, sieh zu, dass Du wenigstens noch ein paar Deiner Federn behältst, und mach Dich vom Acker", tönte Henriko zurück. „Deine Herrschaft hier auf dem Hühner-

hof ist um. Wird Zeit, dass ein Jüngerer und Besserer das Ruder übernimmt."

„Ach, und das sollst wohl Du sein, Du Grünschnabel? Dir hängen ja noch die Eierschalen am Kamm!"

„Na, das ist auf jeden Fall ein Zeichen für Frische. Bei Dir riecht ja leider schon alles nach Fischmehl!"

Durch das ungewöhnliche Gekreisch angelockt, erschien der Hühnerhofbauer. Als er die beiden Streithähne erblickte, ging er sofort dazwischen und trennte sie. Ein kurzer Blick genügte dem Bauern. Er warf Henriko wieder unter das Volk. Knurhan aber klemmte er sich unter den Arm und marschierte mit ihm davon.

,Kluger Mann, mein Bauer', dachte Knurhan noch, und rechnete jetzt damit, dass er seine Wunden versorgt bekäme und auch sonst noch eine nette Pflege erhielt. In diesem Moment setzte ihn der Bauer vor das große Tor auf die Landstraße: „Tut mer leid, Knurhan. Nu' lass mer mal de Henriko mache. Disch kann isch ja net mal mehr in de Supp neitun."

RUMMS – schlug das Hoftor zu.

Glucksend und zwinkernd hockte Knurhan wie betäubt auf der Landstraße.

Langsam, sehr langsam sickerte die ganze, volle Bedeutung der sich da soeben ereigneten Geschehnisse in sein Gockelhirn.

Er war entmachtet worden.

Vom Thron gestoßen.

Aus der Gemeinschaft ausgeschlossen.

Und nun allein auf staubiger Straße.

Vorsichtig stellte er sich auf seine vor Enttäuschung wackeligen Beine, kontrollierte sein derangiertes Gefieder, musterte seinen ehemals so schönen Hahnenschweif und machte sich auf den Weg.

Irgendwann blieb Knurhan auf der Landstraße stehen, breitete seine gerupften Flügel aus, reckte den Kopf und klirrte in einem einzigen, lauten: „Kikerikiiiii!" seine Wut, seinen Frust und seine Scham in die einsame Weite der sanften, grünen Hügel der Wetterau am Rande des Vogelsberges hinaus.

♪

Knurhan lugte nicht mehr über seine Sonnenbrille. Er verschanzte seinen Blick hinter den dunkelgrünen Gläsern. Und sein schöner, voller, roter Kamm wies einen leichten Knick auf.

Moderatorin Sevim Üstgül kannte den Trailer, der nun folgen sollte: „Lieber Knurhan, das war nicht der einzige Kampf, den Du zu bestehen hattest, nicht wahr?"

„Nö. Ich rappelte mich zwar wieder auf und wackelte weiter, aber dann …"

Knurhan fand keine weiteren Worte. Die brauchte es auch nicht, denn seine Geschichte wurde in lebendigen Bildern auf der großen Leinwand fortgesetzt.

♫

ZACK! Ein Stein sauste knapp an Knurhans Kopf vorbei.

PLOMP! Der nächste landete auf seinem Rücken, dass er vor Schmerz umfiel.

„Juhu! Isch hab widde aan gefange!"

Gierige Hände grapschten den bewegungsunfähigen Gockel und stopften ihn in einen Karton mit kleinen Schlitzen an der Seite. Hindurchgucken konnte er zwar nicht, aber zumindest bekam er ein wenig Luft. Es ruckelte und schüttelte ihn kräftig durch, als er weggeschafft wurde.

Irgendwann hielten seine Peiniger an und schütteten ihn einfach aus dem Karton auf einen sandigen Platz.

Knurhan sah sich um. Ihm gegenüber wurde nun ein anderer Hahn aus einem Karton geholt, der genau so verdattert dreinschaute.

Beide befanden sie sich in einer Art Manege oder Arena. Jedenfalls war es ein sandbestreuter Platz in einer halb zerfallenen Scheune, umgeben von Kisten, auf denen jede Menge Jungs saßen.

Alle schrien und gestikulierten wild durcheinander. Dorfjungs, die sich einen Spaß daraus machten, irgendwelche Hähne zu fangen oder zu entwenden, um sie dann aufeinnander zu hetzen. Dabei spielte es keine Rolle, ob es sich um tatsächliche Kampfhähne oder um einfache Hofgockel handelte. Entsprechend angestachelt kämpfen alle Hähne.

Fast alle.

Knurhan fing sich als erster: „Also – ich bin zu alt für so'n Scheiß!", wandte er sich ärgerlich an seinen Kontrahenten.

„Mag sein, dann hab ich leichteres Spiel", höhnte der mit eindeutig aggressivem Glitzern in den Hahnenäuglein.

Knurhan zeigte sich unbeeindruckt. „Und was soll Dir ein Kampf mit mir bringen?"

„Dem Verlierer wird der Hals umgedreht, falls Du nicht sowieso draufgehst. Ich bleib am Leben. Ist das nix?"

„Schon. Aber auch mal weitergedacht? Beim nächsten Kampf bist dann Du der Verlierer und ebenfalls tot."

Der andere Gockel stutzte. „Go-ock! Öh – und was sollen wir Deiner Meinung nach tun? Die drehen uns einfach so die Hälse um, wenn wir nicht kämpfen."

Statt eine Antwort zu geben, fragte Knurhan mit listigem Augenzwinkern: „Kannst Du ein bisschen fliegen?"

„Ja", nickte der andere, „aber was soll das nützen?"

„Die Scheunenruine hat überall Löcher. An der hinteren Wand ist eines, das können wir mit einem kleinen Flatterflug erreichen und entkommen."

„Könnte tatsächlich gelingen. Schlimmer kann es nicht werden. Der Kochtopf wäre sonst auf jeden Fall sicher. Wir probieren es."

Die zwei Hähne nahmen Anlauf, stießen sich ab, breiteten ihre Schwingen aus und flogen über die Köpfe der wütend kreischenden Bengel durch das Loch in der Wand in die Freiheit.

Die Jungen hetzten zwar hinter ihnen her, aber die beiden Gockel waren nicht nur lebenserfahren sondern auch schlau. Sie flohen erst mal nicht weiter – sie versteckten sich hinter Gerümpel im hohen Gras. Dort blieben sie hocken, bis es dunkel wurde und die Jungen nach Hause mussten.

Dann zogen sie eine Weile gemeinsam auf der Landstraße weiter, bis Knurhans Weggefährte sagte: „Hier ist mein Heimathof, wo der Bursche eingedrungen ist und mich aus meiner Schar heraus geschnappt hat. Magst Du mitkommen? Hier gibt es sicherlich einen Platz für Dich. Schließlich habe ich es Deiner Schlauheit und Deinem Mut zu verdanken, dass ich noch lebe."

Knurhan zögerte. Ein beschaulicher Lebensabend auf einem Hof, wo er willkommen war, war eine große Verlockung. Aber wenn der Bauer anderer Meinung war?

Noch einmal wollte Knurhan nicht vor das Hoftor gesetzt werden.

„Danke für das Angebot, mein Freund, aber ich ziehe weiter." Sprach's und wackelte auf der Landstraße in die Ferne.

♫

Am Ende des Trailers hockte Knurhan mit dicht an die Augen geschobener Sonnenbrille, geschlossenem Schnabel, geknicktem Kamm und eng angelegten Flügeln zwischen seinen Freunden auf dem roten Riesensofa.

Und blieb nun völlig stumm.

Nur ein leichtes Glucksen entkam seiner Kehle.

Moderatorin Üstgül hielt sich an ihren Moderationskärtchen fest und lächelte ein trauriges Lächeln: „Oje, Knurhan, das war ja heftig. Doch auch Du hast Dich erneut aufgerafft, um Deinem Elend zu entkommen. – Gonzo, dürfen wir nun auch Deine Geschichte zeigen?"

Gonzo gab grunzend seine Zustimmung. Gonzo grinste dazu. Noch.

♫

Im Schweinekoben suhlte sich der alte Eber Gonzo glücklich im Schlamm. Am Rand des Gatters standen der alte und der junge Hofbauer beisammen und berieten sich über die Zukunft ihres Schweinemastbetriebes. Und was Gonzo da an seine Ohren drang, hörte sich gar nicht gut an.

„Vater, ich weiß Deine geleistete Arbeit sehr wohl zu schätzen und kenne auch Deine Verbundenheit zu Deinen Schweinen. Aber so richtig ‚bio' ist unser Schweinehof trotzdem nicht. Für eine Mast und Zucht, die sich rechnen soll, müssen wir investieren und den Hof ausbauen."

„So'n Aufwand is groß, und was des alles koste tut …" Der Alte hatte Bedenken.

„Ach, was", winkte der Junge ab, „dafür gibt es Subventionen. Nur – mit dem alten Eber ist eine weitere Neuzucht nicht mehr zu schaffen. Dafür brauchen wir frisches Blut, mit unverbrauchtem Erbgut. Ich hab mich auch schon umgesehen. Morgen kommt der neue Zuchteber und der alte wird gleich mitgenommen. Der taugt grad noch für die Wurst."

Erschrocken klappte Gonzo die Augen auf und gab einen überraschten Grunzlaut von sich. Auch der alte Bauer bekam große Augen, zuckte dann aber gleichmütig die Schultern: „Isch hab Dir den Hof übergebbe. Du werst des schon mache."

Zufrieden ging der junge Bauer davon.

Der Alte wandte sich Gonzo zu und tätschelte liebevoll seinen Kopf. „Naa, naa, maan Bester, isch lass net zu, dasse Schnitzel und Worscht aus Dir mache tun. Abbä sorge kann isch aach net mehr für Disch. Bin ja selber nur no auf dem Ahleteil geduldet."

Er öffnete das Gatter, trieb Gonzo sanft aus dem Koben und auch aus dem Hof hinaus auf die Landstraße. „Lauf nur, maan Guter, mach Disch fodd im Schweinsgalopp. Im Wald und auf de Heide draußte haste wenigstens Daane Freiheit un Daan Lebe."

Wie in Trance trottete Gonzo die Straße entlang, bis seine Schritte immer langsamer wurden. Schließlich stand er völlig still.

Dumpf hallten in seinem Kopf Worte wider:

Frischfleisch. Frikassee. Freiheit. Durchwabert von watteähnlichem Nichtwahrhabenwollen und tatsächlichem Verstehen.

PLUMPS machte es, als sein rundes Hinterteil auf die Straße klatschte. Und dann grunzte er in tiefen, vollen Basstönen seinen Gram und seine Trauer in die einsame Weite der sanften, grünen Hügel der Wetterau am Rande des Vogelsberges hinaus.

Gonzo grinste nicht mehr. Eine traurige Geschichte zu erzählen, ist eine Sache, aber eine traurige Geschichte in Bildern zu sehen, ist nochmal was ganz anderes.

Sevim Üstgül war eine gute Moderatorin. Und als gute Moderatorin fand sie auch für Gonzo die richtigen Worte: „Das war ein bittersüßer Abschied, Gonzo, aber auch Du hast diese herbe Enttäuschung irgendwie bewältigt, bist wieder aufgestanden und weitergelaufen."

„Ja, schon, aber der dicke Klopper kam dann ja noch. Die Gefahr, doch noch als Schnitzel zu enden, war noch nicht vorüber."

„Dann darf ich jetzt den zweiten Trailer zu Deiner Geschichte zeigen?"

„Jou." Mehr kam von Gonzo nicht mehr. Er nickte knapp, dass seine sonst so lustig fliegenden Schweineöhrchen nur trübe wackelten.

♫

Auf der langen Landstraße, die sich durch einen dichten, dunklen Wald wand, trottete Gonzo langsam mit hängenden Öhrchen dahin. Es dunkelte bereits, und Gonzo wusste nicht, wo er in dieser Nacht eine sichere Ruhestatt finden konnte. Überall um ihn herum raschelte und knackte es im Unterholz. Aus den Tiefen des Waldes kamen keckernde Laute. Ein kühler Wind rauschte durch die Bäume, die daraufhin unheimlich miteinander flüsterten.

Schließlich fand Gonzo ein wenig abseits der Straße eine alte Eiche mit viel weichem Moos und altem Laub um den dicken Stamm herum. Dort wühlte er sich hinein und segelte trotz aller Ängste bald darauf leicht schnarchend durch das Land der Träume.

Er wurde wach, als ein feuchter Rüssel an den seinigen stupste. Ein Paar dunkle Augen glitzerten dahinter im Mondlicht, das durch die Äste der Eiche fiel.

„Hallo, wen haben wir denn da?", grunzte es dicht neben Gonzo.

„Äh, selber hallo. Wer bist Du, meine Träume zu stören und mich das zu fragen?", brummelte Gonzo verschlafen.

„Donna, zugehörig zur Rotte der Schwarzkittel hier im Vogelsberger Wannersbruch", brüstete sich eine in ein dichtes Borstenkleid gehüllte Wildschweindame.

Gonzo wühlte sich aus seinem Moosbett, schüttelte noch ein bisschen trockenes Laub ab und gab so cool wie möglich preis: „Gonzo, zugehörig zur Familie der Bunten Bentheimer, Bassist."

„Musiker, hä? Dann komm mal mit."

Donna führte Gonzo durch Gestrüpp und Gebüsch tiefer in den Wald. Plötzlich tat sich eine Lichtung auf, wo sich jede Menge wilder Schweine tummelten. In der Mitte der sumpfigen Wiese lärmte die Heavy Metal Pig Band.

Gonzos Begleiterin brach ihnen beiden eine Bahn durch heftig stampfende, Schlamm aufwühlende Wildschweinleiber, drängte bis vor zur Band und schubste Gonzo zu den Tonkünstlern.

„Hier", quiekte sie gegen das Geschrammel an. „Gonzo, Bassist, soll mal zeigen, was er drauf hat."

„Schlimmer als Kalle Keiler kanner nich sein. Hau ab, Kalle, lass ma den flaumigen, gefleckten Typ ran."

Und so spielte Gonzo wohl oder übel mit und ließ seinen Bass heftig dröhnen. Das schien dem grölenden, stampfenden Publikum zu gefallen – nur einem nicht: Kalle Keiler. Der starrte ihn aus wütend verkniffenen kleinen Wildschweinäuglein an. Doch ehe der zu einem größeren Problem für Gonzo werden konnte, bahnte sich weitaus Schlimmeres an.

In der Dämmerung erhoben sich rund um die lauschige Sumpflichtung im Wannersbruch, auf der die Pig-Party tobte, lauernde Gestalten aus Büschen und Gräsern.

Dann ging ein Lärm los, der das Getöse der Heavy Metal Pig Band übertönte: Hunde bellten, Treiber schlugen Holz auf Holz, stießen in Jagdhörner, schrien und brüllten wie verrückt.

Die fröhlich feiernden Borstenviecher erstarrten kurz vor Schreck, dann quiekte und grunzte alles durcheinander. Panik ergriff die wilde Rotte – eine Schweinestampede brach aus.

Und der arme Gonzo mittendrin. Direkt neben ihm brach Kalle Keiler vom tödlichen Schuss getroffen zusammen. Er selbst rannte, wie er noch nie in seinem Leben gerannt war. Die Lungen brannten, die Muskeln schmerzten, aber Gonzo rannte immer weiter.

Er konnte nicht wissen, dass die eigentlichen Opfer, auf die es die Jäger abgesehen hatten, die Bachen waren. Und *selbst wenn er es gewusst hätte – wie genau schießen im Jagdfieber rasende Männer? Kalle Keiler war schließlich keine Bache.*

Endlich wurde es stiller um Gonzo. Rennen, Stampfen und Quieken blieben hinter ihm, genau wie Hundegebell und Schüsse.

Kein Vogel war zu hören, kein Rascheln im Unterholz. Auch die Vögel und anderes Getier hatten sich wohl vor der wilden Jagd in Sicherheit gebracht. Langsamer wurde sein Lauf, schließlich trottete Gonzo nach Atem ringend und hinkend nur noch lahm vor sich hin.

Dann ging gar nichts mehr. Unter einer dicken, alten Eiche brach er im weichen Moos zusammen. Es war „seine" Eiche, unter der er am Abend zuvor Schutz gefunden hatte.

Als er Stunden später erwachte, waren sein Körper, seine Seele ein einziger Klumpen Schmerz. Er brauchte noch lange, bis sein von Anstrengung und Trauer wild pochendes Herz sich einigermaßen beruhigt hatte.

Schließlich rappelte er sich auf und trottete mühselig zur Landstraße und auf ihr immer weiter hinaus aus dem dunklen Vogelsberger Wald.

♫

Stille herrschte im Studio bei Publikum und Aufnahmeteam, als der Trailer endete. Gonzo hockte in sich zusammengesunken auf der roten Riesencouch. Die süßen Schlappöhrchen fielen ihm über die tränenvollen Augen.

Zum Glück hatten die *Phoenix Fives* in Sevim Üstgül eine sehr verständnisvolle und mitfühlende Moderatorin gefunden, die nun souverän und sanft auch die Geschichte von Bochum vorstellte.

♫

Bochum war ein alter, grauer Esel. Er lebte auf einem Mühlenhof in der Wetterau und sah wirklich, ja wirklich ziemlich – äh – grau aus. So mit verstaubtem Fell, trüben Augen, schlotterigen Schlappöhrchen, durchhängendem Rücken und ungepflegten Hufen. Vom stumpfen und schlaff herabbaumelnden Schweif gar nicht zu reden.

Um es mit Herbert Grönemeyer zu sagen: „... von Abbait gaaanz grauuu ..."

Darum hieß Bochum auch Bochum. Seine einzige Freude bestand darin, dass seine Hufe immer noch diesen wunderbaren Trommelrhythmus trappeln konnten. Und schon ging es mit ihm durch: „Bumm-badda-bäng, bumm-badda-bäng, bumm-badda-bäng-bäng-bäng, i-aaahh!"

So trommelnd und johlend fand ihn der dicke Müller, als er um seine Mühle spazierte, um den Zustand der Flügel zu kontrollieren. Wie vom Donner gerührt blieb er stehen. Hin und her gerissen lauschte er eine Weile dem selbstvergessenen Getrommel seines Esels.

So viele Jahre lang war ihm Bochum treu ergeben gewesen. Manchmal hatte er ihn zwar antreiben müssen, aber er hatte immer gute Arbeit geleistet. Nun stand er nur noch in der Sonne, fraß und trommelte, was das Zeug hielt.

Doch davon tat sich die Arbeit nicht. Der olle Esel war nur noch ein Kostenfaktor in seinen Rechnungsbüchern.

Als junger Mann hatte der Müller ganz idealistisch die Mühle in baufälligem Zustand erworben und wollte nach althergebrachter Vorgehensweise und vollbiologisch Mehl herstellen. Das war ein stark kostenaufwändiges Unterfangen, das den Müller auch nach zwanzig Jahren noch jeden Cent zweimal umdrehen ließ, bevor er ihn ausgab oder neu investierte. Die Mühle war ein straff durchkalkuliertes Wirtschaftsunternehmen. Und kein Gnadenhof.

Und so verhärtete der dicke Müller sein Herz, plusterte seine Backen auf und polterte los: „Mann, Bochum! Du bist wohl zu gar nix mehr zu gebrauchen. Unnützer Fresser, der Du noch bist."

Er öffnete das Gatter zu Bochums Pferch, holte eine Gerte und zischte Bochum damit eins aufs staubige Hinterteil. „So, Alter, hau ab! Die Mühle wird auf elektrischen Betrieb umgestellt. Das ist auf Dauer günstiger. Und eine Maschine trommelt nicht. Hau ab! Geh, wohin Du willst! Nur mach Dich fort von hier!"

Mit Tränen in den schönen, großen, dunklen Augen, schniefender Nase und schmerzendem Hinterteil wackelte Bochum los. Dieser undankbare Müller!

Aber - was Bochum nicht sah: auch der Müller hatte Tränen in den Augen, als er seinen alten, musikalischen Kumpanen so rüde aus dem Stall und auf die Straße jagte.

Ja, da wanderte Bochum nun auf der Landstraße dahin.

Alt, grau, staubig, alleine, verstoßen.

Jeder Schritt tat ihm im Leibe weh.

Ach, und überhaupt … alles war gaaanz furchtbaaar!

Mit langgezogenen: „Iii-aaahs!" schrie er seine Schwer-mut und seinen Schmerz in die einsame Weite der sanften, grünen Hügel der Wetterau am Rande des Vogelsberges hinaus.

♫

„Wie hartherzig manche Menschen handeln können, wenn es um den eigenen Profit geht", kommentierte die Moderatorin. „Dein weiterer Weg war aber nicht weniger schwer, Bochum, nicht wahr?"

Bochum nickte langsam und bedächtig. Er schaute ins Publikum und suchte Esmeraldas grünen Glitzerblick. Die schenkte ihm ein aufmunterndes Lächeln.

Bochum fasste sich und antwortete: „Der Müller hatte bloß Angst. Angst, mit seiner vollbiologischen Mühle zu scheitern und nach jahrelanger Arbeit plötzlich mittellos zu sein. Und er hatte Angst davor, seinen alten Esel selber dem Abdecker zu überstellen und einer Tierkörperbeseitigungsanstalt auszuliefern."

„Aber die Landstraße und die grünen Hügel waren nicht wirklich Lösung und Schutz für Dich, Bochum. Darf ich den Folgetrailer starten?"

Bochum gab stumm nickend seine Zustimmung.

♫

Der Film fuhr ab, und auf der Leinwand trabte hungrig, frierend und müde ein klapperdürrer Bochum auf der Landstraße schlackernd vor sich hin, als ihm ein Transporter entgegenkam.

Die Kamera schwenkte in die Fahrerkabine. Zwei muskulöse Männer hockten hinterm Steuer und auf dem Beifahrersitz.

„Heh, was ham wir denn da?", grinste der Fahrer.

Sein Kollege stieß ein dreckiges Lachen aus: „Hähähä, nen alten Esel, der ne Mitfahrgelegenheit suche tut."

Der Transporter stoppte, setzte zurück und hielt neben einem erstaunten Bochum.

Die beiden Männer sprangen heraus. Der eine machte die rückwärtigen Türen auf und ließ eine Rampe herausfahren, während der andere langsam auf Bochum zuging. Instinktiv wich der zurück.

Schwach, wie er war, konnte Bochum den beiden Kraftkerlen kaum einen nennenswerten Widerstand entgegensetzen. Innerhalb kürzester Zeit hatten die zwei Muskelpakete Bochum überwältigt und ins Innere des Transporters verfrachtet.

Nach einer schaukelnden Fahrt, während der Bochum Mühe hatte, sein Gleichgewicht zu halten und nicht umzufallen, hielt der Transporter an. Die Türen hinten wurden wieder geöffnet, die Rampe herausgefahren.

Einer der Kerle kletterte ins Innere und schlang Bochum schnell und gekonnt ein Seil als Halfter um Maul und Kopf, warf das lange Ende seinem Kumpel draußen zu. Gemeinsam zogen und schoben sie Bochum aus dem Transporter.

Der Bursche, der schob, haute Bochum dabei immer wieder auf das Hinterteil, um ihn zum Vorwärtsgehen zu animieren. Bochum hätte ihn gern mal getreten, war dazu aber nicht in der Lage.

Schließlich war es geschafft, Bochum war die Rampe hinunter halb getrippelt, halb gerutscht, stand wackelig in einem verwahrlosten Hof und wurde in einen baufälligen Verschlag geschoben.

Dort brachten ihn die Rüpel in einer Art Pferdebox unter und schütteten Heu, Hafer, Möhren und Äpfel in einen Trog.

„Soll der dürre Schlot erstma wieder was zusetzn, dann bekomm wir auch mehr für ihn."

Bochum war es egal, welche Beweggründe die Beiden hatten. Er gönnte seinem knurrenden Magen eine ordentliche Portion. Schnaufend kaute er den Trog leer. Hätte ruhig mehr sein können.

Aber die Kerle wussten, was sie taten und wollten den ausgehungerten Bauch des alten Esels nicht zu einer Kolik verleiten.

Vor dem kleinen, vergitterten Fenster zogen die Tage vorbei.

Es wurde hell, dann wieder dunkel, dann wieder hell …

Zweimal am Tag kamen die Männer und schütteten Futter für ihn in den Trog. Auch für ausreichend Wasser wurde gesorgt.

Bochum nahm's wie's kam. Er fraß, trank und schlief, fraß, trank und schlief, fraß, trank und schlief.

Doch die Beine taten ihm weh, weil er sich in der Box kaum bewegen konnte, so dass er sich die Zeit kaum noch mit Trommeln vertreiben konnte. Auch die sowieso schon ungepflegten Hufe wurden länger.

In dumpfer Langeweile dämmerte Bochum dahin. Die einzige Abwechslung bot Ricky, ein kleiner Waschbär, der ihn jede Nacht besuchte. Bochum erlaubte ihm, sich an den Möhren und Äpfeln gütlich zu tun. Dafür erzählte Ricky ihm lustige Geschichten.

Aber Bochum bekam auch noch etwas gar nicht Lustiges von seinen Kerkermeistern zu hören:

„Na, jetzt isser bald soweit, dass wir ihn an Piet verscheuern könn."

„Jou. Der olle Tonneis haut in seine Fleischverarbeitung rein, was er billig kriege kann."

„Naja, den Leuten isses jo aach egal, was se fresse, solang's nur viel is und de Preis klei genuch."

„Und? Bis Du anderster?"

„Worauf Du ein lassn kanns – isch weiß jo schließlisch, was da so all verwurschtet werde tut!"

Bochum traute seinen Ohren kaum. Erst fingen die Mistkerle ihn und sperrten ihn ein, dann fütterten sie ihn – und nun wollten sie ihn an einen Metzger verschachern? Ungeduldig und nervös erwartete er den nächtlichen Besuch des kleinen Waschbären.

„Heh, Ricky, weißt Du was? Die halten mich hier gefangen, nur um mich an einen fiesen Fleischer zu verhökern, der Wurst aus mir machen soll."

„Waaas?", quiekte Ricky empört. „Das lass ich nicht zu!"

Sprach's und war auch schon wieder verschwunden.

Kurz drauf kehrte er, begleitet von seiner Waschbär-Gang, zurück. Die Jungs zögerten auch nicht lang und machten sich gleich an die Arbeit. Ruck-Zuck hatten sie mit ihren findigen kleinen Fingern das Schloss geknackt und zogen nun mit gemeinsamen Kräften am Riegel.

Endlich schwang das Boxentor auf, Bochum trat vorsich-

tig aus der Box. Inzwischen hatten die Waschbären sich schon am Tor des Verschlages zu schaffen gemacht, das sie dann auch bald geöffnet hatten.

Bochum bedankte sich noch herzlich bei seinen neuen Freunden und besonders bei Ricky. Dann machte er sich auf die Hufe und stakste ungelenk mit vom langen Stehen steifen Muskeln davon.

Irgendwann erreichte er tatsächlich wieder die Landstraße und nahm unter dem Licht des vollen Mondes erneut seine einsame Wanderung durch die grünen Hügel der Wetterau auf.

♫

Nun saßen keine strahlenden *Phoenix Fives* mehr auf dem roten Riesensofa. Alle Fünf ließen seelenwund die Köpfe hängen und waren gefangen in ihren melancholischen Erinnerungen.

Auch das Publikum im Studio war mucksmäuschenstill. Hier und da ertönte ein unterdrücktes Schniefen oder leises Schneuzen.

Doch zum Glück übernahm Moderatorin Sevim Üstgül wieder sensibel die Gesprächsführung: „Ihr Lieben. Nun haben wir die dramatischen Tiefpunkte Eures Lebens miterlebt. Vielen Dank für Eure Offenheit, einen solchen Schmerz mit Euch teilen zu dürfen. Aber Ihr seid ja auch allesamt ‚Stehaufmännchen'. Wie ging es also weiter mit Euren jeweiligen Geschichten?"

„Nun ja", brummelte Gonzo schnaufend, „wir latschten jeder für sich durch die grünen Hügel der Wetterau. Sie müssen sich das so vorstellen – wir waren damals verstoßen von unseren jeweiligen Familien, weil wir verbraucht waren. Verbraucht wie seelenlose Gegenstände des Alltags, die man wegwirft, wenn sie ihren Zweck erfüllt haben." Gonzo schluckte trocken und verstummte.

Bochum sprach weiter: „Wir wussten nichts von ‚Sachzwängen', die den Alltag unserer jeweiligen Familien bestimmten. Und hätten wir etwas davon gewusst, hätten wir es vielleicht sogar verstanden. Akzeptieren hätten wir es trotzdem nicht können."

„Aber wir hörten die musikalischen Hilfeschreie der anderen. Über die Entfernung hinweg vernahmen wir das tiefe Herzweh", führte Circe weiter aus. „Seltsamerweise machte diese Verzweiflung jedem von uns Mut. Hört sich komisch an, war aber so."

Bello Ragazzo fuhr fort: „So schöpften wir neue Hoffnung, rafften uns auf und gingen in die Richtung, aus der die Klänge ertönten. Ab und zu sandte jeder von uns eine erneute Melodie, einen neuen Wirbel oder einen anderen Akkord aus, um zu hören, ob wieder Antwort käme."

Knurhan ergänzte mit wieder fröhlich aufgerichtetem Kamm und über seine Sonnenbrille linsend: „Das war ein Konzert von seltsamer, bizarrer Schönheit, das da durch die einsame Weite der Wetterau am Rande des Vogelsberges schallte. Es dauerte ein bisschen, aber irgendwann kamen wir alle Fünf an einer Wegkreuzung zusammen, staunten uns gegenseitig an, wussten nix voneinander – und wussten doch alles."

Sevim Üstgül wandte sich lächelnd an ihre nun wieder etwas lockerer wirkenden Gäste: „Eigentlich hattet Ihr in Eurem bisherigen Dasein nichts miteinander gemeinsam, doch nun waren die Vorzeichen verändert, die Schicksalskarten neu gemischt und alle wart Ihr begierig auf ein neues Leben. Wie kam es also zu dem neuen Ding in Eurem Leben?"

Gonzo, der Bassist, nickte: „Nun ja, wir sind alle gute Musiker."

„Wir fanden, dass wir zusammen fantastisch klingen müssten", brummte Bello, der Keyboarder, zustimmend.

„Ja", begeisterte sich Circe, die Sängerin, „wir kamen auf die Idee, dass wir zusammen auftreten sollten."

„Es war nur logisch, dass wir eine Band gründeten", freute sich Bochum, der Drummer.

„So entstand die Rockband *Phoenix Fives*", ergänzte Knurhan, der Gitarrist.

Die Moderatorin strahlte: „Euer neues Lebensding. Aber auch gemeinsam hattet Ihr noch weitere Abenteuer zu bestehen, bevor es soweit war. Liebes Publikum, wollt Ihr auch die weiteren Begebenheiten erfahren?"

Alles pfiff, johlte und klatschte zustimmend.

Und so fuhr ein weiterer Trailer ab.

♫

Voneinander begeistert groovten die Fünf eine ganze Zeit lang gemeinsam an der Kreuzung. Dann waren sie sich einig, beisammen zu bleiben und schlugen den Weg nach Friedberg ein.

Nebeneinander marschierten sie nun auf der Landstraße durch die Wetterau, hatten einander viel zu berichten, und die Zeit verging wie im Flug. Die Straße wand sich und führte auch durch einen Wald.

Langsam setzte die Dämmerung ein. Einer nach dem anderen begann zu gähnen. Sie alle würden nur ungern im Gebüsch übernachten. Und so hielten sie Ausschau nach einer Unterkunft oder wenigstens einem Dach über dem Kopf als kleine Zuflucht.

Auf einmal sahen sie ein Licht durch die Bäume scheinen. In der Hoffnung auf ein warmes Plätzchen hielten sie darauf zu und kamen zu einem einsamen Häuschen, aus dessen Fenstern der warme Lichtschein in die Dunkelheit des Waldes floss.

Freudig marschierten die fünf neuen Freunde darauf zu und klopften hoffnungsvoll an die Tür.

Es dauerte eine Weile, bis jemand kam und öffnete. Den Türrahmen ausfüllend stand dort breitbeinig ein großer Mann.

Ein. Sehr. Großer. Mann.

Er war ganz in schwarz gekleidet, trug feste Springerstiefel an den Füßen, und statt Haaren schmückte eine Glatze *glänzend seinen Kopf. Verächtlich schnaubend schaute er auf die kleine, müde Schar herab. Dann brüllte er barsch: „Wass?!?"*

Die Fünf sahen sich an, dann sprach Gonzo in sonorem Bass: „Wir sind bereits den ganzen Tag unterwegs und entsprechend durstig, hungrig und müde."

Weiter kam er nicht. Ein weiterer Hüne tauchte auf und brüllte gleich los: „Lumbeback, wie?"

Erschrocken ergriff nun Bello das Wort: „Nein, wir sind auf dem Weg in eine neue Zukunft." Aber auch er hatte nicht die geringste Chance, bei diesen tumben Taugenichtsen Gehör zu finden.

„Dann macht Oisch grad widder uff de Schossee!" Ein dritter Glatzkopf schob sich nach vorn und unterstrich seine Worte mit einem drastischen Fingerzeig ins ungewisse Dunkel des Waldes.

„Wir brauchen auch nicht viel Platz", versuchte Circe es noch einmal mit Charme. „Und wenn Ihr noch ein wenig Wasser für uns hättet, wäre das sehr liebenswürdig."

Nun quoll ein vierter Typ, von genauso martialischem Aussehen wie seine Kumpel, aus dem lichtumflossenen Eingang. „Habt Ihr Ronglreube vor die Ohrn gebappt? Mir gebbe nix!"

„Sucht Oisch Fuddä innie Wies!"

„Fodd mit Oisch Schdrunzer!"

„Sonst klobbe mer Oisch des Fell voll!"

„Un dem Giggl roppe mer de Feddern raus un haun ihn uffm Grill!"

Die Schmähreden flogen den fünf erschöpften und erschrockenen Wanderern nur so um die Ohren. Um ihre Drohungen zu unterstreichen, schüttelten die rohen, gewaltbereiten Kerle ihre Fäuste, traten in die Luft und hoben sogar Steine auf, um sie auf die erschöpften und hungrigen Bittsteller zu feuern.

Die rannten und flatterten davon, so schnell die müden Füße und Flügel trugen, zurück in den Wald. Erst, als sie sich einigermaßen in Sicherheit wähnten, kamen sie prustend und ächzend zum Stehen.

Entsetzt sahen sie einander an und fanden keine Worte für die Unverschämtheiten der Männer ohne Haare.

Es blieb ihnen nichts anderes übrig. Mit vor Hunger knurrenden Mägen richteten sie sich ein Notlager im Wald her.

Bochum kuschelte sich auf ein Moospolster, das im geringen Licht der Nacht trotzdem intensiv Grün schimmerte. Bello streckte sich aus und bot Circe eine wärmende Umarmung. Ein tiefer Blick unter langen Wimpern war der Dank und ließ Bellos Herzchen ein bisschen schneller klopfen. Knurhan flatterte auf einen Ast, steckte den Kopf unter einen Flügel und war auch gleich eingeschlafen. Und Gonzo grub sich ins Laub, das den Boden bedeckte.

♪

„Oje", machte Moderatorin Sevim Üstgül, „einfach war Euer Neustart wirklich nicht, aber dann ging es langsam aufwärts, nicht wahr?"

Die *Phoenix Fives* nickten zustimmend und freuten sich nun auch auf den nächsten Trailer, der die Anfänge ihrer Bandgeschichte zeigte.

♫

Am nächsten Morgen wachten sie hungrig und wie zerschlagen auf. Alle Muskeln und Gelenke taten ihnen weh.

Trotzdem hockten sie sich hin und begannen einen gedämpften Blues über die Ungerechtigkeiten im Leben. So bluesten, swingten und rockten sie ihre Enttäuschung fort und brachten sich selbst wieder in eine frohere Stimmung.

Wieder gut gelaunt machten sie sich abermals auf den Weg und kamen bald an einen klaren Bach. Dort konnten sie zumindest ihren Durst stillen. Sie wanderten weiter und kurz darauf hörte auch der Wald auf, die einsame Heide wechselte zu fruchtbaren Feldern und Wiesen und einem kleinen Dorf.

Aufgrund der nächtlichen Erfahrung mit den ungehobelten Kerlen wollten sie um die Ortschaft lieber einen Bogen machen, als sie auf ein Fuhrwerk trafen. Eine junge Frau lenkte einen großen Traktor mit einem leeren Anhänger. Sie lächelte und winkte, als sie die fröhliche, kleine Gesellschaft erblickte, die singend und musizierend daherkam.

„Solche wie Euch könnten wir brauchen", freute sie sich. „Ach was – brauchen! Die Rettung wäret Ihr für uns!"

Fünf erstaunte Augenpaare begegneten dem freundlichen, hoffnungsvollen Blick der Bäuerin.

„Hallo erst mal", kam es schließlich ganz vorsichtig von Circe. „Was genau könnten wir retten?"

„Na, unser schönes Dorffest natürlich! Wie jedes Jahr haben wir gebacken, gebraten und gebraut. Wie jedes Jahr ist die Bühne aufgebaut und mit Blumen geschmückt, der Tanzplatz gekehrt. Aber nur gemeinsam essen und trinken bringt es ja nicht. Denn gar nicht wie jedes Jahr haben wir in diesem Jahr ein Problem mit den Musikern. Die kommen nämlich nicht. Und keine Musiker spielen auch nicht auf zum Tanz. Und kein Tanz ist auch kein richtiges Fest. Und kein richtiges Fest macht auch irgendwie keinen richtigen Spaß."

Die junge Traktorfahrerin versuchte mit klimpernden Lidern die aufsteigenden Tränen zu unterdrücken.

Auch die fünf Freunde blinzelten. Aber aus Verwunderung. Leicht fragend sahen sie einander an.

Circe brachte dann die etwas wirren Ausführungen auf den Punkt: „Ihr feiert ein Dorffest, wo es ordentlich was zu essen und zu trinken gibt, habt aber keine Musiker?"

Ein trauriges Nicken war die Antwort.

Circe strahlte über alle Schnurrhaare, Bello grinste breit, Gonzo grunzte fröhlich und wackelte mit seinen Schweineöhrchen, Knurhan gluckste leise und Bochum begann vorsichtig zu trappeln.

Oh, wie auf Kommando knurrten allen Fünfen bei der Erwähnung von Essen und Trinken die Mägen! Sie sahen einander nur kurz an und fanden in den Augen der anderen die gleichen Gedanken:

Sie wollten alle zum Fest. Und sie wollten alle ans Essen.

Die Antwort war klar: „Wenn Du genügend Speis und Trank für uns hast, dann hast Du Musiker für Euer Dorffest."

„Und einen Platz zum Schlafen bekommt Ihr auch!" Erleichtert und froh lud Lisbeth, so hieß die junge Frau, die Fünf außerdem zum Mitfahren auf den Anhänger ein.

Mit großem Hallo wurden sie alle im Dorf empfangen und zur Festbühne gebracht, die rundherum mit bunten Blumengirlanden geschmückt war.

Und dann ging es auch gleich los: Bochum gab den Takt vor, Bello setzte mit der tragenden Melodie ein, Knurhan und Gonzo ließen ihre Riffs und ihre Bässe ertönen, und Circe schallerte aus voller Kehle.

Bald war das Fest in vollem Gange und es wurde gelacht, mitgesungen und getanzt. Ehe die knurrenden Mägen der fünf Musiker alles andere übertönen konnten, ging es dann endlich zum Festtagsschmaus.

Lachend und albernd saßen sie an der Tafel, aßen und tranken, bis ihre Bäuche kugelrund unter Fell und Federn hervortraten und sie satt und zufrieden auf den Bänken hockten.

Dann waren sie wieder stark genug, um noch einmal aufzuspielen, und so dauerte das Fest bis tief in die Nacht.

Alle hatten inzwischen glasige Augen, gähnten und pusteten nur noch müde Melodien. Nur wenige Tänzer schlurften noch aneinander geklammert zum nächtlichen Blues.

Schließlich gingen auch die letzten Feierer nach Hause. Lisbeth brachte die Fünf ins Gasthaus, wo bereits ein gemütliches Zimmer für sie hergerichtet worden war. Im Kamin glühte noch der Rest eines heimeligen Feuers.

Circe wählte den warmen Platz an der Feuerstelle, Bello legte sich ans kühle Fenster, Knurhan flatterte auf den mit Malereien verzierten Schrank, Bochum machte es sich im weichen Flor des Teppichs gemütlich, und Gonzo verzog sich unter den großen Holztisch.

Kurz darauf schlummerten die Fünf selig.

♪

Circe schwelgte in den Erinnerungen und berichtete weiter: „Spät am nächsten Vormittag saßen wir noch in der Gaststube beim Frühstück, lachten, alberten herum, schmiedeten jede Menge Pläne."

Bello fügte grinsend hinzu: „Was dann folgte, war eine prall gefüllte Zeit mit Proben, Aufnahmen und Auftritten."

Die Moderatorin wandte sich dem Publikum zu und ergriff wieder das Wort: „Ihre Lieder wurden über facebook und youtube mit vielen ‚clics' und ‚likes' verbreitet, vom Radio und vom Fernsehen vielen Menschen nahe gebracht.

Überall wollten die Leute die Band *Phoenix Fives* erleben. Ihre besondere Art der Musik war neu und nie gehört. Und so wurden sie sehr erfolgreich. Die ungleichen Fünf tourten durch das Land, sangen auf den größten Bühnen von Freiheit und dem Wert des Lebens, von gegenseitigem Respekt und von der Liebe, die in jedem Alter blüht."

Sevim Üstgül drehte sich wieder zu den *Phoenix Fives*: „Stimmt es, dass Eure Texte häufig selbst Erlebtes schildern und Erkenntnisse beinhalten, die Ihr im Laufe Eurer gemeinsamen Abenteuer gewonnen habt?"

Knurhan meldete sich zu Wort: „Die Erfahrungen auf der Landstraße und im Wald hatten zwischen uns eine starke Freundschaft und viel Anerkennung für die jeweiligen Stärken und auch Nachsicht für die jeweiligen Eigenarten der anderen wachsen lassen."

„Und zwischen Euch kriselt es nie? Ihr versteht Euch richtig gut?" Die Moderatorin konnte so viel Gleichklang und Eintracht kaum fassen.

„Jou", grunzte Gonzo. „Außerdem haben wir alle einen besonderen Knopf an unserer Kleidung. Der besteht aus Humor und verhindert, dass uns der Kragen platzt, wenn's mal eng wird mit der Harmonie", zwinkerte er schelmisch.

„Und die gemeinsamen Proben machen meistens viel Spaß. Wir lieben es, neue Songs zu entwickeln. Da können wir alle zeigen, was noch alles an musikalischem Gefühl in uns steckt", ergänzte Bochum.

Sevim Üstgül war beeindruckt. Sie wandte sich noch einmal an Circe und Bello: „Und dann war da noch der besondere Regenbogen, der Euch Beide in den Siebten Himmel führte."

„Ich hatte mich in die ruhige Kraft von Bello verliebt", gestand Circe mit bezauberndem Augenaufschlag.

„Und ich will die zärtlichen Samtpfötchen von Circe, die immer wieder aufs Neue wohlige Schauer durch meinen Körper schicken, nicht mehr missen." Bello grinste glücklich und genussvoll.

„Und Bochum und Knurhan und Gonzo? Wie steht es mit Euch und der Liebe?", erkundigte sich Sevim Üstgül.

Die Drei strahlten in die Kamera, die daraufhin ins Publikum in die vorderste Reihe schwenkte.

Unter all den vielen Fans gab es drei besondere Damen, die der Band zu all ihren Auftritten folgten: die sanfte Eselin Esmeralda mit den glänzenden, grünen Augen unter dunklen, dichten Wimpern, die lebhafte Henne Agatha mit ihrem entzückenden, Tüpfelfederkleid und die rosige Schweinedame Smilla mit der seidigen Haut ...

♪

Inzwischen haben die *Phoenix Fives* Aufstellung genommen, um ihren neuesten Song „Flaman" zu präsentieren. Die Rockballade beginnt mit zarten Tönen und steigert sich bis hin zu einem grandiosen Finale.

Es geht um den Traum eines Erpels, der sich tief im Innersten als Flamingo fühlt. Mutig verwirklicht der Erpel seinen Traum und verwandelt sich so nach und nach.

Schließlich stolziert er elegant auf langen, schlanken Beinen in die Welt, breitet vorsichtig seine Schwingen aus und schwebt als wunderschöne rosarote Federwolke davon.

♫

Nach dem letzten furiosen Ton war es mäuschenstill im Studio.

Dann brandete donnernder Applaus auf.

Das Publikum klatschte, trampelte, johlte und pfiff vor Begeisterung.

Schließlich sprach Moderatorin Sevim Üstgül das Schlusswort: „Was wir mit unserer Show *Neue Lebensdinge* und der Geschichte der Band *Phoenix Fives* sagen wollen? Alter schützt vor Neuem nicht. Es schützt auch nicht vor Freundschaft – und vor der Liebe sowieso nicht, denn die hat viele Farben, Facetten und Nuancen und kann mit ihrem Zauber jedes Wesen berühren.

Denn für neue Dinge im Leben ist es nie zu spät …" ☺

♫

Apropos *neue Dinge im Leben* …

Ein Jahr später gab es die Band *Phoenix Fives* nicht mehr.

Gemeinsam hatten sich alle Fünf in ein neues Leben gespielt. Doch als es ihnen wieder gut ging, hatte jeder der kreativen Köpfe wieder mal neue und andere Lebensideen entwickelt.

Differenzen traten auf und häuften sich. Und schließlich bewahrte auch der Humor-Knopf am Kragen nicht mehr davor, dass derselbe doch noch platzte. Alle Fünf gingen wieder eigene Wege.

So kam es, dass Circe Cat und Bello Ragazzo sich weiterhin auf die Suche nach Ruhm und Reichtum machten. Auch als Duo hatten sie musikalisch Einiges zu bieten. Circe schrieb lyrische Texte, Bello arrangierte und komponierte stimmungsvoll die passende Musik dazu.

Bochum und Esmeralda waren nach einem ausgedehnten Urlaub in Portugal geblieben. In einer kleinen Fadobar an der Algarve stampften und trommelten sie zu sehnsuchtsvollen Gitarrenklängen, hatten ihren Spaß dabei und waren sowohl bei Einheimischen als auch bei den Touristen mit ihren ausdrucksvollen Darbietungen sehr beliebt.

Knurhan und Agatha hatte es in den Norden Deutschlands gezogen. Die beiden waren im Künstlerdorf Worpswede heimisch geworden.

Agatha zeichnete mit feinsten Federn außergewöhnliche und zauberhafte Kalligraphien. Dazu schrieb sie philosophische Gedichte und gab immer mal wieder eine Ausstellung.

Knurhan hatte sich mit drei anderen „Vögeln" zusammengefunden: Emil Ostrich, der Drummer, Gunther Ganter, der Saxophonist, Daisy Turkey, die Sängerin mit der rauchigen Stimme und Knurhan, der Gitarrist fanden sich zu den *Northern Town Musicians* zusammen. Sie traten mit Soul- und Blues-Nummern in Kneipen

und Bars vor stets begeistertem Publikum in Worpswede und Bremen auf.

Aus der Fanliebelei zwischen Gonzo und der rosigen Smilla mit der seidigen Haut war dann doch keine feste Liebe entstanden, denn Gonzo, den Bunten Benthei-mer, zog es wieder hinaus in den Vogelsberg zu den Schwarzkitteln.

Für *Heavy Metal* und eine raue Wildschweinrotte hatte aber die sensible Dame Smilla wenig, bis so eher gar nix übrig. Sie zog ein komfortables Leben im Stadtbe-reich vor.

Zunächst war Gonzo ein bisschen traurig, doch als er im Wannersbruch bei seinen wilden Musiker-Kumpa-nen ankam, wurde er dort mit großem Hallo empfan-gen und auch gleich als Bassist in die *Heavy Metal Pig Band* integriert.

Und es gab noch eine freudige Überraschung: Gesund, munter und strahlend stand Donna vor ihm. Tatsäch-lich hatte die borstige Wildschweinfrau das damalige Jagdgemetzel lebend überstanden.

Gonzos glückliches Grinsen reichte von einem Schweineöhrchen bis hin zum anderen … ☺

Metaré Hauptvogel

Mit ihrem Mann und der Maltipoo-Hündin Flocke liebt und lebt sie in den grünen Hügeln am Rande des Vogelsberges. Gemeinsam führen sie das: „SonnenGeflecht – Seminare und Ausbildungen für Expeditionen ins Leben" - www.sonnengeflecht.eu

Einen Schwerpunkt in ihrem kreativen Tun ist die Malerei – mit Öl, Acryl oder Mondeluz auf Leinwand, Holz oder Stein, stets in Verbindung mit einem Gedicht oder Haiku.

Das Schreiben begleitet ihr Leben und künstlerisches Arbeiten schon fast ihr ganzes Leben lang. Mit 12 Jahren begann sie kleine Gedichte und Geschichten zu schreiben. Viel später entstand das erste Buch – „Kalorien in der Pfeife".

Ausserdem erschienen:

Kalorien in der Pfeife
Roman, 403 Seiten
ISBN 978-3-7412-0419-7

Eine temporeiche Geschichte um Kalorien und Hüftgold,
Kunst und Liebe. Und eine Hommage an die Leichtigkeit
und Fröhlichkeit der 90er Jahre.

Hundert kleine Zettel
Roman, 384 Seiten
ISBN 978-3-7693-0100-7

Eine Geschichte voller Gefühl, Traurigkeit und Lachen,
ein wenig Mystik und mit einem Abschied, der dem Blick
auf das Leben eine neue Perspektive verleiht.

EIERLOCH!
Short Story, 56 Seiten
ISBN 978-3-7519-7341-0

Die Kurzgeschichte eines Lebens mit Höhen und Tiefen,
die zur eigenen Nabelschau anregt.

Die Sternenschwestern
Fabelhafte Erzählung, 76 Seiten
ISBN 978-3-7534-4571-7

Ein phantasievolles Old-School-Märchen mit Hexe, Fee
und Zauberern, Waldtieren, Kobolden und Trollen.
Lesenswert für Jung und Alt.